# Ludwig Holtz

# Beobachtungen aus der Vogelwelt Neu-Vorpommerns

Antigonos

# Ludwig Holtz

# Beobachtungen aus der Vogelwelt Neu-Vorpommerns

Unveränderter Nachdruck der Originalausgabe von 1865.

1. Auflage 2024  |  ISBN: 978-3-38612-699-1

Antigonos Verlag ist ein Imprint der Outlook Verlagsgesellschaft mbH.

Verlag: Outlook Verlag GmbH, Zeilweg 44, 60439 Frankfurt, Deutschland
Vertretungsberechtigt: E. Roepke, Zeilweg 44, 60439 Frankfurt, Deutschland
Druck: Libri Plureos GmbH, Friedensallee 273, 22763 Hamburg, Deutschland

# Beobachtungen aus der Vogelwelt Neu-Vorpommerns.

Von

**Ludwig Holtz.**

(Schluss; s. März-Heft S. 100—128.)

### 24. *Corvus corax* L.

Der Rabe ist über unseren ganzen Bezirk verbreitet, und stellt seinen Horst theils in grossen Wäldern, theils in Feldhölzern und alten Alleen auf.

In den ersten bedient er sich aber auch stets Bäume, welche ihm eine freie Aussicht gestatten.

Zu Horstbäumen wählt er immer hohe, in den meisten Fällen starke, mit möglichst wenig Aesten am Stamme versehene Bäume; und weil bei den Eichen in unserer Gegend das Letztere weniger der Fall ist, so zieht er aus diesem Grunde wohl andere Baumarten, wie Buchen, Eschen, Kiefern u. s. w. denselben vor.

Als Normalhöhenstand des Horstes kann man wohl **50′** und darüber annehmen. Als Normalstellung ist die Stammgabelstellung zu betrachten, wenn er sich zuweilen auch wohl mal der Gabel eines Astes bedient, in welchem Falle die Stärke des Astes aber auch gewöhnlich fast der Stärke des Stammes in derselben Höhe gleichkommt.

Die Ausfütterung besteht aus Haaren — Hirsch-, Reh-, Hasen-, Kuhhaare — und Wolle.

Der Rabe ist ein sehr scheuer, kluger, aufmerksamer Vogel.

Kaum ist man in der Nähe seines Horstplatzes angelangt, so ist er auch da und nachdem der zweite Vogel auch nicht lange auf sich hat warten lassen, umkreisen beide, sich in angemessener Höhe haltend, krächzend den Platz so lange, bis man denselben wieder verlassen hat.

Man findet selten die Horste in einer geringeren Entfernung als ¾ Meile von einander.

Jedes Paar betrachtet sich als privilegirter Nutzniesser des Reviers, in welchem sein Horst steht, und leidet kein anderes neben sich in demselben.

Der Rabe ist ein sehr kühner Räuber, dessen Kühnheit in der Brutzeit sogar die Scheuheit überwindet, doch ohne die Klugheit aus den Augen zu verlieren.

In Bezug auf Brutzeit ist er unser erster Brutvogel, der schon im Februar seinen Horst, in den meisten Fällen seinen schon mehrere Jahre hintereinander bewohnten aufräumt und wohnlich macht und gewöhnlich im Anfange des März schon anfängt zu legen.

Es liegen mir Notizen von 3 Horsten aus diesem Jahre vor, welche ich folgen lasse.

| No. der Horste. | 1. | | | | 2. | | | | | 3. | | | |
|---|---|---|---|---|---|---|---|---|---|---|---|---|---|
| Fundzeit. | 18. März. | | | | 21. März. | | | | | 25. März. | | | |
| No. der Eier. | 1. | 2. | 3. | 4. | 1. | 2. | 3. | 4. | 5. | 1. | 2. | 3. | 4. |
| Gewicht im gefüllten Zustande. | | | | | 1 L. 8 Q. | 1 L. 8 Q. | 1 L. 6 Q. | 1 L. 6 Q. | 1 L. 6 Q. | | | | |
| Gewicht im entleerten Zustande. | 47 Gr. | 39 Gr. | 42 Gr. | 44 Gr. | 32 Gr. | 32 Gr. | 31 Gr. | 34 Gr. | 34 Gr. | 38 Gr. | 32 Gr. | 36 Gr. | 36 Gr. |
| Längenmaass. | 49 Mm. | 48 Mm. | 50 Mm. | 50 Mm. | 50 Mm. | 51 Mm. | 48 Mm. | 48 Mm. | 50 Mm. | 47 Mm. | 48 Mm. | 49 Mm. | 45 Mm. |
| Breitenmaass. | 36 Mm. | 35 Mm. | 36 Mm. | 36 Mm. | 33 Mm. | 33 Mm. | 32 Mm. | 32 Mm. | 32 Mm. | 32 Mm. | 32 Mm. | 32 Mm. | 32 Mm. |

Aus den Horsten No. 1 und 2 waren je 1 Ei bei der Ausnahme zernichtet worden.

In Bezug auf das Gewicht im entleerten Zustande ist zu erwähnen, dass bei dem Gelege No. 3 die Eier 3 und 4 ziemlich grosse Oeffnungen haben, weil sie stark bebrütet waren.

Den Brütezustand anbelangend, so waren die Eier aus den Horsten No. 1 und 2 wenig angebrütet, in No. 3 2 Eier ziemlich stark, 1 wenig, 1 gar nicht.

Was Form und Färbung betrifft, so enthielt No. 1 starke, eirundliche, dunkle, grüngraue Eier, No. 2 langgestreckte, elliptische, auf hellblauem Grunde mit ziemlich grossen dunkelgrünlich blauen Flecken am dicken Ende versehene Eier.

Bei No. 3 treten die von mir unter 3 verzeichneten Beobachtungen der *Pandion*-Eier auch hier auf.

Die beiden zuerst gelegten Eier sind ziemlich hell, das dritte sehr hell, das vierte das am dunkelsten gefärbte.

**25.** *Corvus cornix* L.

In Bezug auf Färbung der Eier der Nebelkrähe ist mir eine Beobachtung aus meiner Jugendzeit noch sehr in Erinnerung geblieben.

In der Entfernung einer halben Meile von dem Gute, wo ich meine Jugendzeit verlebte, war eine Weide gelegen. An dieser floss ein Fluss vorbei, an dessen beiden Ufern sich Wiesen von grosser Ausdehnung befanden. In der Weide war ein kleines,

dem Flusse angränzendes, aus Haseln, Dorngestrüpp und jungen
Eichen bestehendes Gebüsch belegen, in welchem einzelne Horste
der Nebelkrähe standen. Zwei oder drei Jahre hintereinander
fanden meine Brüder und ich hier ein Gelege, welches stets Eier
enthielt, die ohne Abzeichen wasserblau gefärbt waren, von welchen ich noch 2 in meiner Sammlung besitze.

Woher diese abnorme Färbung?

Wie wir Jungen uns schon damals die Köpfe darüber zer-
brachen und keine Erklärung dafür finden konnten, so geht's mir
noch heute.

### 26. *Pica varia* Gessn.

Die gemeine Elster, als Räuber junger Nestvögel wohl allge-
mein bekannt, hat bei den Bewohnern der zwischen den Inseln
Rügen und Hiddensee gelegenen Fährinsel auch diesen Ruf in
Betreff der Eier.

Nach der Aussage derselben kommt sie oft zur Legezeit von
der Insel Rügen herüber, spaziert am Strande entlang, spähet nach
den Nestern der daselbst brütenden Vögel und entleert die Eier
derselben ihres Inhalts.

### 27. *Picus medius* L.

Der mittlere Buntspecht ist in den hiesigen Revieren ein sehr
seltener Vogel, der von mir nur einmal, am **26.** September d. J.,
in einer Kieferschonung des Stadtwaldes erlegt wurde.

### 28. *Aegialitis hiaticula* Boie.

Der buntschnäblige Strandpfeifer bewohnt unsere Meeresküsten und brütet besonders auf den der Insel Rügen benachbarten kleineren Inseln.

Er kommt sehr zeitig im Frühjahr an, oft noch vor *Vanellus
cristatus* und nistet auch bald nachher.

Zum Nistplatz macht er sich sowohl am Aussen- als Binnen-
strande eine kleine Vertiefung in dem von dem Meere mit kleinen
Kieseln vermischten ausgespülten Sande. Die Zahl der Eier beträgt meistens **4**, welche alle, mit dem spitzen Ende nach der Mitte
des Nitzplatzes gekehrt, auf dem blossen Sande liegen.

Die Bewohner der Insel Hiddensee nennen den Vogel „Tylick"
— Journ. f. Orn., Jahrg. VIII, S. **305** — welche Benennung sie,
wie sie sagen, von dem Lockton des Vogels hergeleitet haben.

Mir klingt derselbe wie ein klagendes „tuick — tuick — tuick",
welches der Vogel am Strande oder in der Nähe desselben in

geringer Höhe über der Wasserfläche, gemeinlich in grader Linie hinstreichend, ausstösst.  Er ist gerade nicht sehr scheu.

### 29. *Haematopus ostralegus* L.

Der gemeine Austernfischer bewohnt die Meeresküsten der Insel Rügen und der ihr benachbarten Inseln.

Er brütet auch auf den letzteren, doch in nicht mehr so zahlreichen Paaren wie in früheren Jahren.

Seine Eier legt er in eine kleine Vertiefung, ohne Unterlage, auf den spärlich mit Gräsern bewachsenen, zwischen den Dünen des Aussen- und Binnenstrandes belegenen Sandflächen der Insel Hiddensee, sowie auf den kurzrasigen Haideboden der Inseln des Binnenwassers.

Die Zahl der Eier beträgt 2—3.

Die Brütezeit fällt in den Anfang des Juni.

Die Inselbewohner nennen ihn „Tieten".  Er ist ein scheuer Vogel.

Gewicht im entleerten Zustande: No. 1 —  1 Q. 6 Gr., No. 2 —  1 Q.

     Längenmaass:  „ 1 - 56 Mm.,  „ 2 — 59 Mm.

     Breitenmaass:  „ 1 — 40 Mm.,  „ 2 — 40 Mm.

### 30. *Totanus calidris* Bechst.

Der rothfüssige Wasserläufer bewohnt die, unseren Meeresküsten und besonders unseren Binnengewässern, mit Gramineen und anderen Pflanzen der Brackwasser-Flora bewachsenen, nahegelegenen Wiesenflächen, wo er auch brütet.

Zum Nistplatz macht er eine kleine Vertiefung, welche er mit trocknem Grase auslegt.

Die Eierzahl eines Geleges beträgt 3—4, in den meisten Fällen wohl 4.

Ich fand am 17. Juni d. J. nichtangebrütete Eier.

Die Inselbewohner nennen ihn „Rothvogel" (Journ. f. Orn., Jahrg. VIII, S. 304).

Er ist ein sehr scheuer Vogel.

Bald streicht er im schnellen, bald im zurückgehaltenen Fluge beim Menschen vorbei, im letzteren bald steigend, bald plötzlich sich fallenlassend, und bei jeder Senkung ein helles „gip, gip, gip — gip — gip" ausstossend.

Im Monat Juli ziehen sich Alte und Junge schon in Schwärmen zusammen, um sich zum Herbstzuge vorzubereiten.

Ich lasse schliesslich noch Gewicht und Maasse der Eier eines
Geleges folgen.

| Fundzeit. | 17. Juni, nicht angebrütet. | | | |
|---|---|---|---|---|
| No. der Eier. | 1. | 2. | 3. | 4. |
| Gewicht im entleerten Zustande. | 19 Gr. | 19 Gr. | 19 Gr. | 19 Gr. |
| Längenmaass. | 43 Mm. | 43 Mm. | 44 Mm. | 43 Mm. |
| Breitenmaass. | 31 Mm. | 31 Mm. | 31 Mm. | 31 Mm. |

**31.** *Machetes pugnax* Cuv.

Der gemeine Kampfstrandläufer, in den Strandgebieten hier
allgemein unter dem Namen „Kampfhahn, Burrhahn" bekannt, bewohnt die an unseren Bodden belegenen Brackwasserwiesen, sowie
die in denselben liegenden Inseln und Inselchen.

Hier, sehr versteckt im Grase, in einer ziemlichen Vertiefung,
ausgefüttert mit Schilfblättern, steht sein Nest, welches er gewöhnlich mit 4 Eiern belegt.

Die Eier in **2** am **2.** Juni d. J. gefundenen Gelegen waren
schon ziemlich angebrütet, wogegen in **2** am **10.** Juni gefundenen
die Eier sehr wenig angebrütet waren.

Die Vögel sind sehr scheu, und kommt man in die Nähe ihrer
Nester oder der schon umherstreichenden Jungen, sind sogleich
beide Gatten da.

Schreiend, im schnellen Fluge den Störenfried umkreisend,
bald hoch, bald niedrig, oft im schwirrenden Fluge ganz nahe an
ihm vorüber streichend, suchen sie denselben zu schrecken, und
hören nicht eher auf, bis er ihr Gebiet verlassen.

**32.** *Strepsilas interpres* Ill.

Der Halsbandsteinwälzer hat seine Brutplätze auf den Inseln,
welche zwischen Rügen und Hiddensee liegen, sowie besonders
auf letzter Insel.

Die Brutplätze daselbst, Zahl der Eier, mannigfache Färbung
derselben, sowie das Wesen der Vögel hat Theodor Holland —
Journ. f. Orn., Jahrg. VIII, S. 305, 8 — sehr richtig angegeben;
doch in Betreff des Nestes stimmen meine Beobachtungen nicht
mit den seinen.

Meine am **18.** Juni 1864 bei **2** Nestern gemachten Beobachtungen und am Neste gleich niedergeschriebenen Notizen besagen:

„dass die Nester kleine Vertiefungen bilden, mit wenigem trocknen Grase ausgelegt.“

Von den am **18.** Juni d. J. erhaltenen **4** Gelegen, von welchen ich **2** selbst aufgefunden, **2** erkauft hatte, waren die Eier von zweien dieser Gelege nicht, die von einem etwas und von dem anderen stark angebrütet.

Die Inselbewohner nennen den Vogel „Klytick“, wie sie sagen nach seinem Lockton.

Mir tönt es wie „wuiting — wuiting — wuiting — wuitetete“, welches die Vögel im seichten Wasser bald stehend, bald einige Schritte lebhaft weiter watend, von Zeit zu Zeit ausstossen.

Folgende Tabelle zeigt Gewicht, Maasse der Eier eines Geleges.

| Fundzeit. | 18. Juni nicht bebrütet. | | |
|---|---|---|---|
| No. der Eier. | 1. | 2. | 3. |
| Gewicht im entleerten Zustande. | 17 Gr. | 17 Gr. | 22 Gr. |
| Längenmaass. | 38 Mm. | 38 Mm. | 41 Mm. |
| Breitenmaass. | 27 Mm. | 28 Mm. | 27 Mm. |

**33.** *Ciconia nigra* Gesner.

Der schwarze Storch ist, wenn auch gerade nicht häufig, so doch auch nicht sehr selten in unserem Bezirke zu finden.

Er liebt die den Binnengewässern benachbarten Wälder, sowie die Waldgebiete, in derem Bereiche sich Flüsse und Seen befinden.

Hier in den feuchten Brüchen einsamer Reviere bauet er seinen Horst.

Er zieht die alte starke Eiche mit seltenen Ausnahmen allen anderen Bäumen vor.

Der Normalhöhenstand beträgt **40'**.

Die Normalstellung des Horstes ist die Seitenaststellung, ein sehr breiter Flachbau.

Der Horst ruhet gewöhnlich auf einem **4, 6, 8, 10, 12'** vom Stamme entfernten Seitenaste, zuweilen auch auf diesem, dem Stamme sich anlehnend.

Warum wählt er besonders die alte Eiche?

Weil dieselbe ihm zu seinem, auf breiter Grundlage ruhenden Horste das passendste Material liefert: starke, horizontal abgehende Seitenäste mit rauher Rinde.

Warum die Seitenaststellung?

Weil der Vogel in der Stammgabel selten einen passenden, bequemen, ja für den breiten Flachbau genügenden Platz für seinen Horst finden wird.

Warum steht in den meisten Fällen der Horst so weit vom Stamme entfernt?

Weil sich in einer solchen Entfernung erst die, zum Unterbau und Halt seines Horstes, ausser den starken Seitenästen, noch nöthigen Materialien „von den Seitenästen abgehende Nebenzweige“ vorfinden.

Woher der Normalhöhenstand von 40′?

Weil das Alter und der durch dasselbe bedingte Wachsthum der Bäume in unserem Bezirke dem Storche erst in einer solchen Höhe gewöhnlich das zum Stand seines Horstes nothwendige, starke Grundmaterial darbieten.

Ohne Zweifel wird der scheue Vogel in Gegenden, wo ältere Bäume ihm noch in grösserer Höhe die für seinen Horst nothwendigen starken Seitenäste und Seitenzweige gewähren, auch stets benutzen.

Betrachten wir nun einmal, in Bezug auf Vorstehendes, zwei von mir in diesem Jahre beobachtete, abnorme Fälle, von welchem einer die Baumart, der andere den Höhenstand betrifft.

Der erste Horst stand in einer Buche. Warum hatte der Vogel hier wohl die Buche gewählt?

Er hatte dort schon einen für seinen Horst genügenden Unterbau gefunden, auf dem er ohne Anstrengung weiter bauen konnte, — es war ein alter *Milvus regalis*-Horst, aus welchem ich **1863** die Eier genommen.

Der zweite Horst stand in einer kleinen Eiche, auf einem sich am Stamme anlehnenden Nebenaste, in einer Höhe von **25′**.

Woher diese geringe Höhe?

Ich habe Grund anzunehmen, dass die Bewohner dieses am **17.** Mai gefundenen Horstes Besitzer des von mir am **17.** April untersuchten waren, welche ich damals durch Wegnahme der Eier vom Horste verstört hatte.

Die Waldschläge, in welchen beide Horstbäume standen, waren einander angrenzend; und nach meinen Beobachtungen beansprucht jedes Paar dieses Vogels, einzig für sich allein, ein ziemlich grosses Revier.

Das Paar hatte also wohl sein Revier behaupten wollen, und da es hohe Zeit zum Brüten war, aus „der Noth eine Tugend“

gemacht, und einen Baum genommen, den es unter normalen Umständen nicht genommen haben würde.

Ohne Zweifel waren die Besitzer der abnorm gestellten Horste in beiden Fällen von ihrem Horste verscheucht worden.

Beide Horste waren schlecht gebauct, woraus leicht zu schliessen, dass es den Besitzern an Zeit gefehlt, einen sorgfältigen Bau zu vollenden; die Eier aus beiden am 11. und 17. Mai gefundenen waren nicht angebrütet, während die am 27. April, 9. und 11. Mai gefundenen schon angebrütet waren.

Durch die vorgeführten Umstände ist das Erscheinen beider abnormen Fälle genugsam motivirt.

Wie hier abnorme Erscheinungen — abnorme Umstände zu Grunde lagen, so wird man es gemeinhin immer finden, wenn man der Sache nur auf den Grund geht.

Ausnahmen giebt es immer, und sollte es mich gar nicht wundern, wenn sich in Betreff der Horsstellung noch mehr in unserem Bezirk vorfinden sollten, wie z. B. in den den Binnengewässern benachbarten Waldgebieten.

Sollten sich hier Horste in der Stammgabel, wie ich auch einen kenne, in einer Kiefer, oder in einer der vorher ausgeführten Normalstellung sonst widersprechenden Lage vorfinden, so giebt's auch dafür Erklärungen.

Die Nähe des Boddens, der in demselben und in dieser Nähe sich vorfindende Nahrungsreichthum, hat hier dann einen vorherrschenden Einfluss auf den Storch ausgeübt. Um später für seine Brut reichliche Nahrung erhalten, um diese auf leichte Weise verschaffen zu können, hat er einmal die überwiegend schwereren Umstände bei Aufsuchung eines passenden Horstbaumes, bei Aufstellung und Erbauung des Horstes nicht gescheuet.

Wie sich ohne Zweifel alle abnormen Erscheinungen in der Natur durch fortwährende Beobachtungen auf natürliche Ursachen zurückführen lassen werden, so auch im Haushalte der Vogelwelt.

Es ist hier der Naturtrieb, den der Schöpfer dem Geschöpfe eingeflöst, ihm fest einverleibt hat, der mit dem Geschöpfe verwachsen ist.

Der Horst besteht aus einer, nicht besonders hohen, aber breiten Unterlage von theils kurzen, theils längeren, theils feinen, theils starken, trocknen Aststücken zusammengefügt.

Der innere Raum desselben hat bei einer sehr geringen Tiefe eine Weite von 12—14″.

Die Ausfütterung besteht immer aus Moos, dem in den meisten Horsten etwas dürres Gras beigemengt ist.

Als Normalzahl der Eier eines Geleges kann man die Zahl 3 annehmen; doch habe ich auch schon 4, 5 und sogar 6 gefunden.

Seine Hauptnahrung besteht aus Aalen und Fischen; doch verschmähet er gewiss auch Reptilien nicht.

Während des ganzen Sommers kann man den stolzen Vogel inmitten des Boddens auf seichten Stellen herumwatend, seiner Nahrung nachgehen sehen.

Inmitten des Landes sucht er seine Nahrung am Strande der Teiche und Seen, an den Ufern der Flüsse, am Rande der fischreichen Mergelgruben; und hat man zuweilen Gelegenheit, ihn an diesen Plätzen in einer lauernden Stellung zu beobachten.

Der schwarze Storch ist ein sehr scheuer Vogel, der sich selten beschleichen lässt, aber beim Brüten auf dem Horste so fest aushält, dass er stets beim Abfluge geschossen werden kann.

Ich habe diese Beobachtung wenigstens bei allen mir bekannten Horsten gemacht, ja in zwei Fällen liess er sich erst durch Klopfen an den Horstbaum vom Horste treiben.

Ist er aber vom Horste verscheucht und hat man denselben ersteigen lassen, so umkreist er den Platz in grösserer als Büchsenschussweite so lange, bis man denselben verlassen.

Es ist mir nur ein Fall bekannt, wo er, kleine Jungen im Horste habend, so nahe kam, dass ihn ein Schrotschuss hätte erreichen können.

Im Frühjahr, gleich nach Ankunft, sieht man oft mehrere dieser Vögel in sehr ansehnlicher Höhe oberhalb der Wälder in weiten Bogen langsam umherkreisen.

Während der Zeit des Brütens und der Grossfütterung seiner Brut lässt er sich wenig sehen.

Vom Horste auffliegend, in der Höhe der Baumgipfel über die Wälder hinweg schwebend, sucht er dann möglichst rasch seine Nahrungsplätze zu erreichen und kehrt mit der Nahrung auf dieselbe Weise wieder zu der harrenden Brut zurück.

Ein Klappern mit dem Schnabel, wie es dem weissen Storche eigenthümlich, habe ich nie von ihm gehört.

Schliesslich gebe ich noch in folgender Tabelle einige No-

tizen über 5 in diesem Jahre aufgefundene Gelege, Maasse und Gewicht der Eier, soweit es mir zu Gebote steht.

| |  | | | | | | | | | | | | | | | | | | |
|---|---|---|---|---|---|---|---|---|---|---|---|---|---|---|---|---|---|---|---|
| No. der Gelege. | 1. | | | | | | 2. | | | 3. | | | | 4. | | | 5. | | |
| Fundzeit. | 27. April. | | | | | | 9. Mai. | | | 10. Mai. | | | | 11. Mai. | | | 17. Mai. | | |
| Brütezustand. | Sehr geringe angebrütet. | | | | | | Geringe angebrütet. | | | Es bildeten sich Embryonen. | | | | Klar. | | | Klar. | | |
| No. der Eier. | 1. | 2. | 3. | 4. | 5. | 6. | 1. | 2. | 3. | 1. | 2. | 3. | 4. | 1. | 2. | 3. | 1. | 2. | 3. |
| Gewicht im gefüllten Zustande. | | | | | | | 5 L. 5 Q. | 5 L. 2 Q. | 5 L. 1 Q. | | | | | | | | | | |
| Gewicht im entleerten Zustande. | 2 Q. 34 Gr. | 2 Q. 24 Gr. | 2 Q. 25 Gr. | 2 Q. 34 Gr. | 2 Q. 32 Gr. | 2 Q. 14 Gr. | 2 Q. 17 Gr. | 2 Q. 15 Gr. | 2 Q. 32 Gr. | 2 Q. 11 Gr. | 2 Q. 8 Gr. | 2 Q. 9 Gr. | 2 Q. 5 Gr. | 2 Q. 21 Gr. | 2 Q. 25 Gr. | 2 Q. 25 Gr. | 2 Q. 29 Gr. | 2 Q. 25 Gr. | 2 Q. 39 Gr. |
| Längenmaass. | 67 M. | 68 M. | 68 M. | 67 M. | 67 M. | 69 M. | 67 M. | 66 M. | 65 M. | 64 M. | 61 M. | 62 M. | 62 M. | 66 M. | 66 M. | 63 M. | 65 M. | 64 M. | 63 M. |
| Breitenmaass. | 49 M. | 52 M. | 50 M. | 50 M. | 50 M. | 44 M. | 50 M. | 49 M. | 49 M. | 48 M. | 48 M. | 48 M. | 47 M. | 49 M. | 49 M. | 48 M. | 50 M. | 49 M. | 50 M. |

Das 6. Ei aus dem Gelege 1 wurde uuter dem Horste, halb im Sumpfe liegend gefunden.

Das Eidotter zeigt stets bei allen Eiern vom schwarzen Storche ein leuchtend, ziegelfarbiges Roth.

### 34. *Ardea cinerea* L.

Der graue Reiher ist ziemlich zahlreich in unserem Bezirke vertreten und brütet in demselben in mehreren volkreichen Kolonien.

In diesem Jahre fand ich in einem Walde einen einzeln stehenden Horst, wenigstens 1 Meile von dem nächsten Reiherstande entfernt.

Dieser letztere, ein Waldgebiet von hohen starken Buchen, wird abgeholzt.

Wahrscheinlich wird das Paar an ihrem Horstplatze eine neue Kolonie gründen.

Man sieht den Reiher gewöhnlich einzeln nur im Herbste; wenn die Jungen grossgenährt, kann man ihn oft in Gesellschaft von 50 Exemplaren und mehr auf den dem Binnenwasser angrenzenden Wiesen erblicken.

Seine Nahrung besteht in Fischen, welche ihm in der Gefangenschaft einigermaassen durch Fleisch ersetzt werden können.

### 35. *Grus cinerea* Bechst.

Der graue Kranich brütet hier nur in einigen Brüchen grosser Waldgebiete und zwar auch nur in geringen Paaren.

Ich gebe hier Gewicht und Maasse der beiden Eier eines im Jahre 1863 aufgefundenen Geleges.

No. der Eier:  1.                    2.

Gewicht im entleerten Zustande: 5 Q. 38 Gr. — 5 Q. 15 Gr.

Längenmaass: 102 Millim. — 97 Millim.

Breitenmaass:  62 Millim. — 62 Millim.

36. *Podiceps cristatus* Lath.

Der Haubensteissfuss bewohnt die im Inneren unseres Bezirks liegenden Teiche und Seen, wo er auch brütet.

Da ich ihn in früheren Jahren nur immer in einzelnen Paaren brütend angetroffen, so war ich überrascht, ihn in diesem Jahre auf einem grossen Teiche gesellig brütend zu finden.

Ich nenne es gesellig, weil ich auf einem Flächenraume von vielleicht 10 □Ruthen 7 Nester dieses Vogels antraf.

Da, wo am Saume der auf Moder schwimmenden Pflanzendecke die circa $\frac{1}{4}$—1' über dem Moder stehende, sich zwischen den hier und dort emporgeschossenen Ausläufern der *Phragmites*- und *Typha*-Pflanzen und den zerstreuten schlanken Halmen der Juncaceen befindliche Wasserfläche sich zeigt, ist sein Brutplatz.

Gewöhnlich haben ihm ein ganz kleiner Bülten, zuweilen auch einige zerstreuete Halme die Haltpunkte und Grundlage zu seinem Neste geliefert.

Es ist ein Convolut von zusammengetragenen Binsen- und Schilfstücken mit einer geringen Vertiefung in der Mitte; — so niedrig, dass der Vogel mit Leichtigkeit hinaufkommen und sich behende hinabgleiten lassen kann; aber auch so tief ins Wasser gesenkt, dass es ganz mit demselben durchzogen ist.

Man sieht vom Kahn aus in der Ferne einen kleinen Binsenhaufen, man denkt, es kann ein Nest sein.

Man arbeitet sich mit grosser Mühe durch den Moder und schaut erwartungsvoll nach dem Punkte.

Noch immer sind keine Eier sichtbar. Jetzt ist man ihm nahe genug, — es ist nur ein zusammengetragener Haufen ohne Vertiefung.

Aber wozu sind diese Haufen wohl zusammengetragen? welcher Vogel hat es gethan? fragt man sich.

Unwillig, dass die Mühe nicht belohnt ist, nimmt man den Schiebestock und will die Binsenstücken auseinander rühren.

Da plötzlich kommen Eier zum Vorschein, der kluge Vogel hat sie bedeckt gehabt. Es sind die Eier von unserem Steissfuss.

Von den am 18. Mai dieses Jahres von mir aufgefundenen 7 Gelegen enthielten 4 je 4, 1—5, 1—3 und 1—2 Eier mit zum

Ausschlüpfen reifen Jungen und der Schaale von einem Ei, aus welchem das Junge schon ausgeschlüpft war und sich entfernt haben musste, weil es nicht mehr zu sehen war.

Die Eier in den übrigen Gelegen waren theils angebrütet, theils nicht angebrütet.

In dem mit 5 Eiern ausgestatteten Gelege waren 2 derselben ziemlich angebrütet, 3 weniger.

Man kann als Normalzahl eines Geleges die Zahl 4 annehmen.

Die Eier eines Geleges haben eine weisslich lehmgelbe Farbe, bis auf eines, welches weiss ist; wie ich vermuthe, das zuletzt gelegte, weil am wenigsten vom Wasser durchdrungen, welcher Ursache ich den lehmgelben Ton der übrigen zuschreibe.

Die Eier waren fast alle sehr beschmutzt, bis auf die weissen, ohne Zweifel von den vom Moder schmutzigen Füssen des Vogels beim Besteigen des Nestes herrührend.

Auch aus dieser Ursache ist zu schliessen, dass, wie vorher erwähnt, das weisse Ei das zuletzt gelegte, indem der Vogel weniger Gelegenheit gehabt hat, es zu beschmutzen.

Für die Fortpflanzung des Steissfusses kann der abnorme Zustand des Feuchtliegens der Eier durchaus nicht vortheilhaft sein; hingegen hindernd, wie es auch in der That ist.

Beobachten wir den Steissfuss, wenn er seine Jungen mit sich führt.

Es sind in den meisten Fällen nur 3, oft nur 2, ja oft nur eines, woraus leicht zu folgern, dass viele Eier verloren gehen.

Das „warum" ist meiner Meinung nach eben in dem oben erwähnten abnormen Zustande zu finden.

Wesshalb aber dieser abnorme Zustand?

Vielleicht mag die Lösung dieser Frage erst den Beobachtungen späterer Zeiten vorbehalten, vielleicht ein Geheimniss des Schöpfers bleiben.

Der Steissfuss ist ein sehr scheuer, kluger Vogel.

Rudert man mit dem Boote auf ihn zu, so taucht er ausser Schussweite schon unter, und will's mal das Unglück, dass er unter dem Wasser die Richtung verliert und in der Nähe des Bootes auftaucht, ist Auftauchen und Wiederuntertauchen nur ein Moment.

### 37. *Larus canus* L.

Die Sturmmöve bewohnt die Küsten unseres Meeres, sowie der Binnengewässer in zahlreicher Menge.

Sie brütet auf den der Insel Rügen benachbarten Inseln.

Nach der Erzählung eines Fischers soll sie auch in früheren Jahren auf grossen Steinen inmitten eines grossen Sees in einigen Paaren gebrütet haben.

Zu Brutplätzen auf den mit Dünen versehenen Inseln wählt sie die mit Gras spärlich bewachsenen, inmitten der Aussen- und Binnenstrandsdünen belegenen Sandflächen, wo sie dann kleine Vertiefungen macht.

Auf den nicht mit Dünen versehenen Inseln bauet sie ihr Nest sowohl auf den von der Brandung herausgeworfenen, zusammenliegenden kleinen Kieseln, als auch auf den gleichfalls herausgespülten, in der Sonne getrockneten *Zostera marina*-Pflanzen, und zwar da, wo der Strand aufhört und der Graswuchs beginnt.

Dasselbe besteht immer aus einer sehr schönen Unterlage von trockenen Graswurzeln.

Als abnormen Nistplatz führe ich hier einen *Corvus cornix*-Horst an, der in einer Höhe von 10′ in einem dem Strande nahestehenden *Crataegus*-Strauche, dem einzigen Repräsentanten von Sträuchern solcher Höhe, auf einer der Inseln erbauet war.

Nach der Aussage eines Bewohners dieser Insel hatte in demselben während zweier aufeinander folgenden Jahre ein *Larus canus*-Paar genistet.

Sie hatten es in jedem Jahre mit einer neuen Unterlage ausgefüllt.

Was Gloger — Journ. f. Orn., Jahrg. III, S. 109 — aus Audubon's Schriften mittheilt, ist auch hier wohl in Betracht zu ziehen: Nachstellungen hatten den Vogel zur Wahl des abnormen Nistplatzes bewogen.

Die Zahl der Eier in den Gelegen beträgt 2—3.

In den Tagen vom 18. bis 20. Juni fand ich in verschiedenen Gelegen theils nicht angebrütete, theils wenig und stark angebrütete Eier.

Wie Theodor Holland — Journ. f. Orn., Jahrg. VIII, S. 303 — angiebt, sind sogar die Färbungen der Eier eines und desselben Geleges schon sehr verschieden, geschweige denn die aus verschiedenen Gelegen.

Die Inselbewohner nennen diese Möve „Hölk", wie sie angeben, nach dem Geschrei derselben.

Mir klingt der Ton wie ein etwas langgedehntes „hu—ick",

ein oder zweimal wiederholt, welchem zuweilen ein rasch ausgestossenes, scharfes, höhertönendes „hieck, hieck, hieck“ folgt.

Sie lässt das Geschrei hören, gelangt man in die Nähe des Nestes, welches sie klug schon verlässt, wenn der nahende Mensch demselben noch ferne ist.

Mit langem, ruhigen Flügelschlage, in nicht so grosser Höhe wie *Sterna hirundo* und *minuta*, streicht sie am Strande entlang und über den Störenfried fort.

Im Inneren unseres Bezirkes ist die Sturmmöve als Wetterprophet bekannt. Verlässt sie die Küsten und versammelt sich, zuweilen in zahlreichen Schaaren, auf den Aeckern, so kann man sicher annehmen, dass Sturm und Regen bald den weissschimmernden, leichtbeschwingten Gästen folgt.

### 38. *Sterna minuta* L.

Die Zwergseeschwalbe brütet gleichfalls auf den der Insel Rügen benachbarten kleineren Inseln.

In eine kleine Vertiefung, ohne jegliche Unterlage, legt sie, gewöhnlich auf von den Wellen ausgespültem Kiessande und kleinen Kieseln, inzwischen dieser, zuweilen auch auf eine kahle Sandstelle inmitten der Dünen des Aussen- und Binnenstrandes, ihre Eier.

Die Eier sind schwer zu finden, indem die bunten Farben derselben denen der Kiesel vollkommen gleichartig sind.

Die Zahl der Eier eines Geleges beträgt gewöhnlich drei.

In den Tagen vom 18. bis 20. Juni d. J. habe ich nicht angebrütete, wenig und stark angebrütete Eier gefunden.

Die Inselbewohner nennen diese Seeschwalbe „Schirt-Möwe“. wie sie bemerken, nach dem Lockton derselben.

Mir klingt derselbe wie ein kurzes, feines, quitschendes, einsilbig sich anhörendes „wuitsch“, welches der Vogel in Pausen, bald nur einmal, bald zweimal hintereinander ausstösst.

Ist man dem Brutplatze nahe, streicht sie sehr besorgt, den Lockton ausstossend, in grosser Höhe darüber hin.

Ihr Flug gleicht dem der Schwalben.

### 39. *Mergus albellus* L.

Vom weissen Säger erhielt ich am 2. December d. J., wo unsere Bodden überall schon mit starkem, haltbaren Eise belegt waren, zwei Exemplare, ♂ und ♀.

Das ♂ war in der Nähe eines benachbarten, dem Bodden nahe liegenden Dorfes geschossen, das ♀ hier, auf dem Eise des

Boddens, nahe einem Zaune lebend ergriffen worden. Beide hatten
sich wohl verflogen.

    40. *Mergus serrator* Lin.

Der langschnäblige Säger brütet auf einigen, zwischen der
Insel Hiddensee und Rügen belegenen Inseln, sowie auch auf
einer sandigen Landzuge der letzten Insel.

Unter einem, womöglich oben dicht verwachsenen Strauche,
gerne einem niedrigen, verkrüppelten *Juniperus*-Strauch, bauet er
sein Nest in derselben Weise wie *Anas boschas*.

Die Ausfütterung desselben während des Legens besteht aus
Grashalmen, Moos und einigen Federn, während des Brütens ganz
aus Federn.

Wie *Anas boschas* deckt er die Eier so lange zu, bis er zu
brüten anfängt.

Von den durch die Bewohner der Hiddensee ganz nahe gelegenen Fährinsel während einer langen Reihe von Jahren gemachten und mir wiedererzählten Beobachtungen gebe ich Folgendes.

Da dieselben sich dieses Sägers als Netzthier bedienen, so
darf man den Werth dieser Aussagen durchaus nicht unterschätzen.

Nach diesen besteht die Eierzahl der Gelege ungefähr aus
10 Eiern. Der Vogel legt dreimal. Man nimmt ihm desshalb 2 Gelege nacheinander fort und lässt ihn das dritte ausbrüten, — gewiss eine weise Einrichtung zum Nutzen der Bewohner und zur
Erhaltung der Art! Zuweilen legen 2 und sogar 3 Weibchen in
1 Nest, und man hat schon 30 Eier in einem Neste gefunden.

Das Weibchen, welches dann zuerst vollgelegt hat, will zu
brüten anfangen, es entspinnt sich ein Kampf unter den Weibchen,
und nach Behauptung des Kampfplatzes beginnt es zu brüten.

Beim Brüten ist der Vogel gar nicht scheu. Man kann ihn
leicht vom Neste greifen; ja! man hat ihn schon mit einem Stocke
aufgelüftet, um die Eier zu zählen, ohne dass der Vogel vom
Neste abgeflogen und es verlassen hat. Der Vogel fängt im Anfange des Juni, auch schon Ende Mai zu legen an.

Es folgen Gewicht und Maasse zweier Eier.

         No. der Eier:  1.        2.
Gewicht im entleerten Zustande: 1 Q. 52 Gr. — 1 Q. 50 Gr.
        Längenmaass: 68 Millim.  — 63 Millim.
        Breitenmaass: 45 Millim.  — 46 Millim.

    41. *Anser cinereus* Meyer & Wolf.

Die Graugans, wenn auch während des Herbstes und Winters

in zahlreichen Schaaren sich auf unseren Saatfeldern aufhaltend, brütet doch nur auf wenigen Seen in nicht gar vielen Paaren.

Auf einem dieser Seen, wo in diesem Jahre **12—16** Stück Graugänse sich vor und während der Legezeit beständig aufgehalten, aber nur **3** Paare gebrütet haben, wurde mir Gelegenheit, Brutplatz, Nest und Eier, sowie das Wesen des Brutvogels beim Neste kennen zu lernen.

In Gesellschaft eines meiner Brüder, sowie eines alten Fischers und eines leidenschaftlichen Wasserliebhabers, der beiden Letzteren als Kahnführer, begab ich mich am **24.** April auf die Fahrt, um den Brutplatz von *Anser cinereus* und *Cygnus olor* kennen zu lernen und womöglich die Nester dieser beiden Seebewohner zu finden.

Wir ruderten gleich dem Theil des Sees zu, wo sich dieselben gewöhnlich aufzuhalten pflegten.

Es ist der Theil, wo unter $\frac{1}{2}$—1' hohem Wasserstande sich eine **3—4** Ruthen tiefe Moderschicht befindet.

Auf dieser, vom festen Wiesenufer ausgehend und sich in ziemlicher Breite in den See hineinstreckend, ruhet eine schwimmende, beim Betreten hin- und herwogende, leicht durchzutretende Pflanzendecke.

Innig mit einander verwachsene, festverwebte Faser- und Kriechwurzeln der *Phragmites-*, *Typha-*, *Acorus-*, *Carex-* und anderer Wasserpflanzen haben sie gebildet.

Der jüngste Theil dieser Decke, aus leicht ersichtlichen Gründen natürlich am losesten verwebt, zeigt hier und dort kleine und grössere Wasserflächen mit darauf schwimmenden Schilfbülten, zu welchen vom Ufer aus, vermittelst der wogenden Decke nur mit Lebensgefahr, von der Wasserfläche des Sees aus, vermittelst eines Kahnes, durch die dahin führenden sehr schmalen und gewöhnlich sehr flachen Kanäle nur mit den äussersten Anstrengungen zu gelangen ist.

Nachdem wir diesem Gebiete nahe gekommen und in der Entfernung von 1000 Schritten, dem so ziemlich auf der Mitte des Sees dahin schwimmenden, stolzen, — wie aus Folgendem anzunehmen — männlichen Schwane vorbeigerudert waren, erblickten wir schon von ferne, inmitten einer der vorher geschilderten Wasserflächen, die hoch über dem Wasserspiegel sich erhebende Nestanlage des Schwanes.

Der Schwan, wie gewiss anzunehmen, der weibliche, sass auf dem Neste, glitt aber leise von demselben in das Wasser hinab, als wir uns ihm auf circa **500** Schritten genähert hatten, sich durch die Schilfbülten zur blanken Wasserfläche langsam fortschleichend.

Nachdem wir uns zum Neste hingearbeitet und die **2** darin befindlichen Eier herausgenommen hatten, schoben wir uns derjenigen Stelle zu, wo, nach Aussage des alten Fischers, sich die Graugänse gewöhnlich aufgehalten hatten.

Auf der vom Ufer circa **200** Schritte entfernten, älteren Pflanzendecke lagen in Entfernung von **20** Schritten von einander **4—5** Schilfhaufen, deren Material während des Frühjahrs bei gefrorener Wasserfläche von den anwohnenden Leuten geschnitten, zusammengetragen und dort liegen geblieben war.

Wir arbeiteten uns auf einem der schmalen Kanäle zu dem zunächst liegenden hin, und hatten das Glück, gleich den Nistplatz **zu** treffen.

Die Graugans sass auf dem Neste, liess uns bis auf **30** Schritte nahe kommen, worauf sie das Nest verliess und uns noch einige Male, ziemlich niedrig, in weiten Bogen umkreisete.

Also auch dieser sonst so scheue Vogel verliert als Brutvogel seine Scheuheit.

Wir konnten mit dem Kahne nicht ganz zum Neste kommen.

Ich stieg desshalb aus und gelangte, mich auf ein Ruder und einen Schiebestock stützend, nach einigen Schritten auf der schwimmenden Pflanzendecke zum Schilfhaufen.

Das nur flache Nest bestand aus Stücken von Schilfstengeln und Blättern und war mit wenig Dunen ausgelegt.

Auf einem der anderen Schilfhaufen hatte sich auch ein Nest befunden, war aber leer.

Von den **6** im Neste befindlichen Eiern gebe ich schliesslich noch das Gewicht, so weit es mir zu Gebote steht und die Maasse.

| No. der Eier. | 1. | 2. | 3. | 4. | 5. | 6. |
|---|---|---|---|---|---|---|
| Gewicht im entleerten Zustande. | 5 Q. 46 Gr. | 5 Q. 27 Gr. | 5 Q. 26 Gr. | 5 Q. 25 Gr. | 4 Q. 52 Gr. | 5 Q 45 Gr. |
| Längenmaass. | 88 Mm. | 85 Mm. | 81 Mm. | 83 Mm. | 84 Mm. | 86 Mm. |
| Breitenmaass. | 58 Mm. | 59 Mm. | 57 Mm. | 58 Mm. | 58 Mm. | 59 Mm. |

42. *Cygnus olor* Vieillot.

Der Höckerschwan brütet gleichfalls wie die Graugans auf nur wenigen unserer Seen und mit Brüchen versehenen weiten

Moorflächen, jedoch auf denselben auch nur in einem Paare oder wenigen Paaren.

Der bei der Graugans gemachten Schilderung des am 24. April d. J. untersuchten Brutplatzes und Wesens des Vogels habe ich nichts hinzuzufügen.

Was das Nest betrifft, so war es inzwischen einiger schwimmender Schilfbülten von zusammengetragenen Schilfstengeln und Schilfblätterstücken gebauet und mit wenigen Dunen ausgelegt.

Die Grundanlage mochte vielleicht 5′ im Durchmesser haben, die Höhe des freilich damals nicht gemessenen, aber mir noch in klarer Erinnerung stehenden Baues bis 2′ betragen.

Das Innere des Nestes war ziemlich tief. Wie oben erwähnt, lagen nur 2 Eier in demselben.

Am 18. Mai, wo ich die in demselben Bereiche belegenen Nester von *Podiceps cristatus* und *Circus rufus* untersuchte, traf ich den Schwan auf demselben Neste und — wie sich später herausstellte — brütend wieder an.

Ich störte ihn nicht und hörte später, dass er mit 3 Jungen gesehen worden sei und dieselben gross gezogen habe.

Der Schwan hatte sich also im Legegeschäft nicht stören lassen und dasselbe Nest gleich weiter benutzt.

Schliesslich gebe ich noch das Gewicht der beiden Eier im entleerten Zustande, sowie die Maasse:

No. der Eier: 1.      2.

Gewicht im entleerten Zustande: 12 Q. — 11 Q. 43 Gr.

Längenmaass: 110 Mm. — 109 Mm.

Breitenmaass: 72 Mm. — 71 Mm.

Die Eier unterscheiden sich von denen des zahmen Schwanes durch einen etwas rauhen, feinen, weisslichen, kalkigen Ueberzug, unter welchem die grünliche Grundfarbe durchschimmert.

An einzelnen Stellen zeigt sich dieser Ueberzug von den Zehen des Schwanes geschrammt.

Barth, im December 1864.